KB065062

내가 너를 느낄 때
나는 외롭지 않다

정소영 시집

『내가 너를 느낄 때 나는 외롭지 않다』

PART II

마음의 크기는 애환의 크기에 비례한다
사람도 사랑도 그렇다
아파보지 않고선 제대로 여물지 않는다

PART I

오늘은 좋았다
내일은 걱정되는 삶을 말할 때
언제나 괜찮아요

단 한마디 말만 남길 뿐이었다

안녕

후하고 초를 불면
20살 너와 내가 숨 쉬던 곳으로
우릴 데려다줄 거야

은은한 파스텔 톤으로 물든 세상
봄꽃으로 가득했던 흙내음이 진동하던 교정
촉촉하게 꽃잎을 적시던 봄비처럼
네 앞에 내가 서 있어

새싹이 파랗게 돋아나는 봄철이라
청춘인 줄 모르고
이마에 잔뜩 세상사 시름 다 떠안고서
초조하게 살아가던 내게

한결같이 다정한 모습으로
내 귓가에 대고 속삭이던
너의 음성을 난 기억해
늘 용기 낼 수 있게 잘했다 힘내라 하며
복돋워 주던 너의 말들

아마도 그 말속엔 좋아한다
너는 좋은 사람이야 라는 너의 진심이
꾹꾹 눌러 담겨져 있었단 걸 알아

오늘처럼 부슬부슬 봄비가 내리는 날이면
어김없이 그 시절 속 네가 있는 곳으로
자꾸 네 앞에 날 세워둬

안녕이라고 말하면 영원히 잊힐까 봐
네게 미처 하지 못한 인사말도

20살 겁많은 어른으로 살며 허우적대다
결국 너의 마지막 전화조차 받지 못한 내게
어느 날 녹음되어 날아온 눈물 맺힌
너의 마지막 고백조차도
못 들은 체 돌아서야 했던

나 스스로 사랑하지 못해
다른 이를 사랑할 줄 몰랐던 그런 내가
봄비가 온 세상을 적시는 날이 오면
널 기억하며 여전히 고마워하고 있어

인생에서 너와 함께한 시간 동안
벼랑 끝에서 좌절하던 날 응원해준 너
생각해보면 나는 언제나 혼자가 아니었어
늘 네가 묵묵히 뒤에서 내 편이 되어줬으니깐

근데 그 이유가 결국 네 곁을 떠나게 만드는
내 마지막 자존심이 됐지만

살아가며 결코 겪어선 안 되는 일을
네 앞에서 겪지 않았더라면
나는 널 밀어내지 않았을 거야

감추고 싶은 아픔을
좋아하는 사람과 공유하기 싫었으니깐
살면서 받아 본 적 없는 사랑에 기대는 법을
몰랐던 어리석었던 나임을 고백해
그리고 용서해 많이 늦었지? 이제야 인사해
나의 학창 시절 가장 아름답게 빛내준
유일한 사람인 네게

너는 그래도 돼

울음을 잃어 가지 마
새어 나오는 울음마저
사치스러운 기분이 들게 만드는

그런 슬픔일랑 그런 아픔일랑

살아가며
두 번 다신 만나지 말자

슬플 때 슬퍼 못하고
아플 때 아파 못하는 삶이
얼마나 불행한 것인지

이젠 마음껏 울어버리고
마음껏 흔들려 보자

너는 그래도 돼
코스모스보다 더 한들한들하고
예쁜 너니깐

나의 너에게

오늘은 너를 만난다
웃음이 이쁜 너
20살 발그레 두 뺨의 수줍음으로
저 멀리서 날 반기며 뛰어오는
작고 여린 너를 만난다

새가 지저귀듯 고운 음성으로
이쁜 말 재잘대는 너를 오늘 만난다
유난히 작은 소리에도 잘 놀래던 겁많은 20살
큰 눈이 사랑스러운 널 만나러 가는 길

가진 게 많은 널 만나서
오늘은 모든 얘기 다 해주고 싶다

"어깨를 펴고 넌 다 할 수 있어
당당하게 너의 길 가면 돼
뒤돌아보지 마!"

"세상 그 누구도 아닌 너만 보고
너 자신을 믿어"

오늘도 나이 들어가는 나는
영원한 20살 너에게로 달려가
꼭 안아주고 싶다

나의 20살 너를

망각의 본능

오늘을 채 마무리하기도 전에
또다시 내일을 준비 중입니다

귓가를 간지럽히는 뉴호프클럽의
진한 감성이 흘러나오고

따끈한 차 한잔의 목 넘김이
어느 때보다 부드러운 밤

말로 인한 상처도

시선을 통한 느낌들도

하나하나 다 지워냅니다

무엇이든 극복해내는 힘은
생존을 위한 본능이기에

두렵지 않습니다

당연한 것이니깐요

시작

모든 걸 뒤엎고
다시 시작한다는 것은

솎아내지 못해 뿌리마저
휘청대는 두려움 속에서

오래 견뎌내 본 적 있는 사람

창고 가득 들어차 있는
썩은 과육의 악취가
코끝으로 진동하는 수많은 날들을

그마저도 가질 수 있었기에
경험할 수 있었던 일이었음을 인정하고

단 한 번도 가져본 적 없는
꿈을 찾아서

길고 먼 여정을 떠나가는 것

선물

없어도 있는 것이 있고
있어도 없는 것이 있다

살다 보면

없는 것이 없는 게 아니란 걸 알게 되고
있는 것이 있는 게 아니란 걸 알게 된다

운이 좋은 사람은 없다가 있어야 할 때
있는 사람을 뜻한다

좋고 나쁨도 당장 눈앞에 잘 드러나지 않듯
있다 없다도 잘 보이지 않는다

그러나 희망은 처음부터 있던 것이 아니기에
있다고 믿는 사람에게만 존재하는
선물 같은 것이다

1% 부족함이 99% 완성을 방해할 순 없어

다 좋은데 너는 센스가 부족해
다 좋은데 너는 살만 빼면 딱이야

다 좋은데 넌 눈빛이 별로야
다 좋은데 넌 말투가 거슬러

그냥 우리 모습 그대로
살아가면 안 될까요

누가 좋든 싫든
있는 그대로 자신을
인정해줄 이와 애쓰지 말고
편안히 살아가요

하루를 살아도 나답게
내 인생이니깐요

생과 사

겪어보지 못한 당신의 아픔을
그 누구도 이해하기 힘들 겁니다

다만 당신의 생이
그 무얼 위함이 아닌

오롯이 당신을 위한
생이 되기를 기도합니다

생과 사 그 사이에서
타인을 향한 모든 감정을

지우고
비우고 나면

결국 당신 안에
당신 하나밖에 남지 않을 테니

인생 시스템

현실은 늘
빼앗았던 사람들은 기억조차 못 하는데
빼앗겼던 사람들은 평생을 잊지 않고 살아간다

무언가 자신에게 득이 된다 생각하면
앞뒤 재고도 없이

그게 사람이든 물건이든
어떻게 회유해서라도

자신의 손아귀에
넣고 마는 강탈자들

그러고선 말한다
"이건 내가 가져가는 것이 아니라
네가 나한테 준 거야"

자연스레 알아가는 것들

넘어져 봐야 일어서는 법을
터득할 수 있는 것처럼
넘어져 봐야 넘어진 사람의 심정도
이해할 수 있게 된다

이별해봐야 사랑의 소중함을
깨닫게 되는 것처럼
이별로 제대로 몸살을 앓아 봐야
언젠가 다가올 사랑에 대해
최선을 다하는 법도 알 수 있게 된다

돌아보면 인생이란
모름지기 좋은 것과 나쁜 것이 없고
좋다 하고 나쁘다 하고 구분 지으며
스스로 분별하는 마음으로
괴로움을 느끼고 고통을 받는
나 자신만이 있는 것이다

이유를 묻지 않는다

벌써부터 바람은 차고
내딛는 걸음마다
푸석한 건조함이 삶을 에워싼다

오랜만에 지나간 것들을 불러 세우고
이름을 물어본다

열두 시간 전까지 사랑이라고 했던 것이
다섯 시간 후엔 후회라고 말한다
한 시간 전까지 우정이라고 했던 것이
30분 후엔 상처라고 말한다

어제까지 완전했던 것이
오늘은 그렇지 못하다고 해도
지나쳐야 한다

더는 이유 따위는 묻지 말아야 한다
그래야 온전한 형체를 지닌 그 무엇으로
그 누군가로부터 간직될 수 있는 것이다

저축왕

알려지지 않고 말하지 못한
진실 속엔 늘 원금 플러스 이자가 덧붙여진다

소중한 것일수록
더 귀하게 지켜지는 그런 이유일지도 모른다

무엇을 향한 맹세와 다짐
누군가로 인해 제때 다 보여주지 못한
감각 상각된 나의 가치

어떤 날들의 숨겨진 진실까지도
하느님이 보우하사
모두 고금리 이자로 따박따박 적립되어

언젠가 원금과 이자까지
한몫 제대로 돌려받을 것이니
이제 아파하지 말자

때때로 나만 아는 불편하고 아픈 진실을
세상이 외면하고 몰라준대도

하나님 부처님 성모 마리아님은
모두 한 마음으로 바라보고 계시니
걱정할 필요가 없다

이 세상도 저세상도
하나의 통로로 연결될 테니
잠시 잊히는 것일 뿐

결코 누락 되거나 지워지진 않을 것이다

마음의 크기

다가가려는 마음이
밀어내려는 마음의 크기보다 커져갈 때
너와 나는 공존한다

있는 그대로의 모습으로
꾸밈없이 보이고자 하는 마음이
잠시 잠깐 잘 보이고 싶은
허영으로 들뜬 마음을 이겨낼 때

너와 나는
한배를 타고

우리라는 공동의 목적지에 다다를 수 있다

부작위에 의한 작위가 죄가 되지 않는 순간

마음을 다친 이에게
열심히 살아가란 말도
곧 좋아질 거란 말도 하지 않기로 해요
마음을 다쳤다는 건
회복이 더딘 내상을 입은 것처럼
육체를 지탱하고 있는 영혼마저 상처 입은 거예요

그럴 땐 무어라 용기 줄 수 있는 말도
구태여 다가가려는 노력도 하지 말고

상처 입은 이가 한 템포 고요히 쉬어 갈 수 있게
우리 편안한 여백의 공간이 되어주기로 해요

때론 상대를 위해
모른 체하고 못 본 체하며
아무것도 하지 않아 주어서
더 고마울 때도 있는 법이니깐요

뭘 해도 안 될 땐 육감적으로

이렇게 해도 저렇게 해도
뭘 해도 안 될 땐
원하는 대로 하고픈 대로

내 몸과 마음이 이끄는 대로
우리 육감대로 방향을 틀어서
한번 살아가 보면 어떨까요

때로 현실적인 이치로는 도무지 설명되지 않을
나를 관통한 직감이 이성보다
더 강력한 에너지로 작동되어
한 치 앞도 보이지 않는
세상 속 빛이 되어줄지 모르는 일이잖아요

한 걸음 두 걸음 갈 수 있는 만큼
조금씩 내딛다 보면

어느새 나도 모르게
내 심장이 뛰고 있는 일을 찾아서
살고 있을지 모르잖아요

곧 이런 나를 지켜본 다른 이의 심장마저
뛰게 만들지 모르잖아요

알게 된다

삶에 무릎을 꿇으면

산다는 건

매일의 소원을 이루어내는 것처럼

기적 같은 일들로

채워져 있었음을 알게 된다

바닥에 얼굴에 묻으면

고개를 들고

하늘을 올려다보는 일이

얼마나 용기 있는 일이었는지

알 수 있게 된다

흐르는 촛불처럼

아른거리던 어젯밤 촛불은 삭혀왔던
뜨거운 눈물을 쏟아내다
하얗던 심지가 모두 새까맣게 타들어 간 후에야
두 손을 모은 채 웅크리며 잠들 수 있었다

산다는 건
고뇌하는 어둠 속
온몸으로 달궈진 횃불을 들어 올리는 일
살아있음에 경험할 수 있는 인간세계
그 속에서의 1 2 3
한 달 일 년 십 년 오십 년 팔십 년
흘러가는 시간이 의미하는 바도

굳세어지는 삶에 대한 의지를
무한으로 이어가려는 열망이 숫자에
고스란히 녹여진 것
이토록 무한으로 이어지는 영원을 갈망하고

구원을 바란다는 것은
살아가는 동안 겪게 될
영원의 무게를 십자가 마냥 짊어지고
감내하며 살아가겠다는 암묵적인 동의

이름 앞에 덧붙여진 숫자가 커질수록
우리는 구원자와 한층 더 가까워질 수 있었다

오해와 왜곡

지켜보니 그런 사람이 아니더라는 말

우리가 일상 대화 속에서 가장 많이 나누게 되는

주제란 것을 알게 된다면

지금 내 앞으로 찾아온 오해와 왜곡 또한
시간이 지나면 다 밝혀질 일이란 걸
짐작할 수 있다

그러니 너무 속상해하지 말기로 하자

악으로 깡으로

기대할 수 없는 현실을 앞에 두고서
기대하며 살자고 말하는 세상이
가끔은 위선적으로 느껴질 때가 있어

호스피스 병동에서 삶을 마무리하는 이에게
곧 회복될 테니 어서 힘내라고 전해오는
영혼 없는 말처럼 느껴지거든

그럴 땐 그냥
한 번 더 버텨보자 하고 말해 줄래

행복해야 즐거워야
뭐든 다 가질 수 있어야
제대로 사는 인생이라 말할 순 없는 거잖아

견뎌내는 것도 때론 이 악물고
악으로 깡으로 버텨내는 것도

아무나 할 수 없는 훌륭한 인생이야

이 글귀로

너무 많이 아프고 너무 많은 상처를 받았어
회복이 가능할까 의문스러울 만큼

깊은 골짜기 저 끝을 에워싸고도 남을 만큼의
네 아픔과 네 슬픔들
그러나 넌 아무렇지도 않게
오늘을 살아내고 있어

속이 문드러지는 그 썩은 내 조차 접고 접어
가슴에 품은 채로

얼마나 아팠니 네 슬픔을 위로하고 싶어
오며 가며 이 글귀 읽고 있는 너

정말 살아줘서 견뎌줘서 고마워

우리가 어떤 인연으로 이리 만나
나는 너를 글을 통해 위로할까

그러나 널 응원해

너만큼 아파봤던 내가
다쳐봤던 내가 여기에 있기에

널 위로할 수 있어

이 글귀로

다시 한번 나로 살아가지

길가에 불어오던 바람과 바람이 만나
손을 맞잡고 하나가 된다
쉴 새 없이 흐르던 강물이 만나
원래부터 하나인 것처럼 포개진다
더 큰 바람이 작은 바람을 흡입하듯
더 큰 물길이 적은 물길을 흡수한다

어김없이 커지고 강해지면
존재감이 드러날 거라고 생각하지만
나는 늘 조금씩 없어지고 사라지는 중

바람이었던가
물이었던가
저 안에 조금
이 안에 살짝
이곳저곳을 거치면서 나는 흩뿌려져 있지

굽이굽이 가는 길이 멀수록
만나는 이가 많아질수록
나는 점점 섞여 옅어지는 것
그러다가 모든 것은 하나가 되지

소유한다는 의미도 존재한다는 의미도
지금 당장 눈앞에 보이지 않아서
잘 느낄 수 없대도

이미 나는 큰 하나의 덩어리로
거대한 존재 속에 뭉쳐져 살아가는 중
앞과 뒤 옆에 있는 이들까지도 함께
손을 맞잡고 있지

언젠가 생명의 불씨가 다하는 그날이 오면
슬피 울고 있는 이들의 눈물 속에
사무치듯 그리운 이들의 마음속에
깊이 꼬옥 눌러져 그 안에서
다시 한번 나로 살아가지

말해주오

사랑이었다 말해주오

햇살 쨍한 날
약속 장소로 뛰어가며
콧등으로 떨어지는 땀방울을 연신 훔쳐 대다

서로를 발견한 입가에는
주체할 수 없는 미소가 흐르고
한없이 바라만 봐도 전해졌던
그 눈맞춤이 사랑이었다 말해주오

미안하다 말해주오

지칠 줄 몰랐던
순수했던 사랑
그 끝은 죽음일 거라고 생각한 찰나
누구도 풀지 못할 사슬에 묶여
운명처럼 이별을 하다

눈처럼 소복이 왔다
눈처럼 사라져 버린

무수한 세월이 지난다 해도 잊지 못할
사랑이었다 말해주오

좋은 이별

질척대던
인고의 시간이 긴 것일 뿐
좋은 이별은 쉽고 명료하게
현재의 고통을 매듭지어준다

때론 이별하듯 생살을 끊어 내봐야 안다
더 부드러운 새살로 차오름을
인생의 전환점이 되어
새로운 출발도 가능하다는 사실을 말이다

그러니 모든 걸 혼자 짊어지듯
웅크린 채 내 몫으로만 받아들이지 말고
속 깊은 사람으로 골병들지 말고

나를 짓누르며 힘들게 하는 것들로부터

우리 하나씩 이별해 나가자

전조현상

누가 건드리지 않았는데도

씩씩대며

혼자 울화통이 터지는 날

아무것도 묻지 않았는데도

기어코 장엄하게 변명을 늘어놓게 되는 날

그럴 때마다 한없이 작아지는 자신을 발견하며

쥐구멍이라도 찾아 숨고 싶은 마음이

절로 드는 날이 찾아온다면

그날은 유독 내 마음이 가난해지기 직전에

찾아오는 전조현상 같은 것이다

불협화음

속마음하고는 달리
어떤 말이든 필터로
제때 걸러내지 못한 채
모두 뱉어내는 사람과

어떤 행위 하나
언사 하나에도
갖은 의미를 부여하며
그 숨은 의미를
찾아내는 사람과는

결코 좋은 인연으로
서로에게 오래도록
남아 있을 수 없음을 기억해야 해

인간의 세계

그래도 되는 줄 알았습니다
화내고 짜증 부리고 투정 부리고
남들처럼 기대고 앙탈 부려도 되는
인생인 줄 알았습니다

뭐 별것 있겠어
다 그렇게 사니깐
나도 그리 살 줄만 알았습니다

별 탈 없이 묵묵히 보통 사람처럼 살아내면
때 되면 행복감을 느끼고
가슴 졸임 없이 살 줄 알았지만

사람이 가진 운명은
다가오는 때도 시련의 세기도
갈등의 폭과 깊이도
생의 사사로운 그 길이마저도
다른 단 걸 알려주었습니다

시시때때로 익숙한 삶 속
다양한 수단과 방법으로
말해주고 있었습니다

우리가 서 있는 이 길은 천편일률적이고
엇비슷한 생김새의 길이라며
이렇게 저렇게 살아라 알려주던
그 수많은 규칙이
어느 순간 들어맞지 않는
무용지물이 되어버린다는 것을 몸소 느낄 때쯤
참 부질없는 인생이구나 하며 탄식하게 됩니다

너와 나는 달랐습니다
거기에서부터 인간의 외로운 방황은
시작됩니다

그래서 누군가를 보며
한없이 부러워할 이유도
서글퍼 할 필요도 없습니다

삶이란 어차피 그런 게 아니겠습니까
언젠가 돌이킬 수 없을 지경에 다다라

회복 불능 상태가 오면
말없이 떠나가야 할 허무맹랑하기 그지없는 공간
찰나의 머무름이 삶이었단 사실 말입니다

그때까지 우리는 각자가 가진 에너지의 배열대로
조합대로 자유로이 만족하며 살아가면 그뿐인 것
아니겠습니까

본능

아이는 원래 그러하다
떼를 쓰고 무엇이든 마음대로 하고픈 게 많은
아이는 원래 그렇다

세상은 원래 그러하다
원하는 것을 얻기 위해선
언제 어디서나 물불 가리지 않고
낚아 채 가는 사람들을
아무렇지 않은 듯 웃으며 마주해야 하는
세상은 원래 그렇다

사랑은 원래 그러하다
아낌없이 내어주던 사랑도
시간이 지날수록 당연한 권리가 되어가듯
그토록 사랑하던 네가 아닌
이젠 내가 살기 위해
이별을 택하게 되는 사랑은 원래 그렇다

나를 갉아먹는 습관들

매번 의미 없는 물음에 길들여져 간다
왜냐고 물으면
또 아니라고 대답할 거면서

변함없는 모습으로
어제처럼 오늘도 똑같이 살아갈 거면서
오늘도 돌아서서 하게 되는 후회들

왜냐는 물음에
마저 하지 못한 말을 삼키듯
웅얼웅얼 노력했다 하고 혼잣말하다
또다시 하루를 그대로 비우고야 마는

그야말로 나를 갉아먹는 습관들 속에
취해 있다

호기로운 존재

우리의 삶은 생각보다 고초와 고난이 많다
상처에 맞서 살아내기 위한
험한 전쟁터를 방불케 하기도 하고
한 번씩 상상하지 못했던 일은
한꺼번에 찾아와
소중히 쌓아 올린 일상의 평온함 마저
송두리째 흔들어 놓고 가기도 한다

그러나 언제나 그랬듯
우리는 살아냈으며 견뎌 냈다
우리에겐 이뤄내야 할
현실적인 꿈이 존재하고
시련의 절망 값 보다
지켜내야 할 삶의 가치가
더 무궁무진하기 때문이다

평범한 삶을 살아가는 그 자체로
나와 당신 우리는 참 호기로운 존재이다

여행

어느 날 이른 아침 재촉하듯 내리쬐는 햇살도
시도 때도 없이 울리는 광고 문자 알림 소리도

그득하게 쌓여있는 우편함 명세서도
웃으며 압박해오는 상사의 이기적인 일 떠넘김도

이 모든 것을 끝내고 싶을 때가 온다

나의 감정 배터리가
다 소모되었음을 알려주는 적색 신호이다

이럴 땐 미련 없이 훌쩍 떠나간다

무엇을 하든지

나를 계산하지 않고

나를 평가하지 않는 곳으로

오늘을 잊기 위해 내일을 산다

흘러내리던 마음을 애써 외면해야 했던 날엔
둔탁한 일상을 입은 채로 살아가야 했다

각진 채 삐거덕대는 의자에 기대어 앉아
주섬주섬 몸을 추스르며
가까스로 의자를 밀쳐낸 후
무심히 걸어가는 사람들의 대열 속으로
다시 합류하여 살아간다는 게
꽤 나 큰 용기가 필요해 보인다

무의식 속에 취기처럼 올라오던
그 알딸딸한 생에 대한 의지를
그 본능을 저버릴 수 없는 일이다

때맞춰 뱉어내지 못해 흘러넘치는
과열된 마음을 돌아볼 새 없이
진동하며 파르르 떨려오는
소리 없는 아우성을

긴 외로움 속에서 억누르며
홀로 견뎌낸다는 게 쉽지 않았다

파닥대는 심장으로
손가락 마디 마디의 저릿함으로
희뿌연 바깥 풍경 속으로
쉴 새 없이 넘나들며 숨 고르기 하는 시간들
그 속에 파묻혀 지내는 일도

그래 살다 보면 뜨거웠던 냄비처럼
식혀지고 어리석게 잊힐 테다
내일은 괜찮을까 하는 일말의 기대감을 안으며
오늘보단 그래도
내일은 숨이라도 쉴 수 있겠지 하는
바람으로 견뎌내는 것도 옳은 선택일 테다

상처 된 오늘을 잊기 위해
내일을 기대하며 살아가는 모습이
누군가에겐 살 떨리는 생이었음을
매 순간의 도전이었음을 기록해본다

수고했어요

당신에게 수고했다
말해줄래요!

수고 참 많았어요
우리네 삶이 어쩜 수고 그 자체였죠

누구나
인생에서
사랑받고
사랑하던
순간들은 쏜살같이
지나가고

결국 남은 건 수고였음을

댓글

언제나 힘내세요
그 한마디 말만 남길 뿐이었다

행여나 그의 고난이 어떤 것일지
얼마나 고통스러울지
나 또한 짐작할 수 없기에
지나치며 내가 할 수 있는 단 한마디 말
결국 힘내세요, 였다

마음 안에 수많은 응원의 말과 글을 품고서도
다 전하지 못한 채 고작 용기 내 다는
단 한 줄의 댓글이었다

내 친절이 그에게 그녀에게 독이 될까
나의 관심이 그와 그녀를 지치게 만들까

오늘도 마음 가득 담아 잔뜩 전하고팠던
내 작은 진심은 그렇게 머물러만 있다
흩어지고 만다

울림

잠시 잠깐 스쳐 지나갔을 뿐인데
아득한 세월이었다

꿈 많던 20대가 지나고
현실을 담아내는 30대가 되었다

또다시 돌고 돌아 세상살이

설움과 분노가 몸으로 스며들 때 즈음
마흔이란 나이에 서 있었고

어느 날
조곤조곤한 모습으로 사람을 너그럽게
품을 수 있게 되었을 땐

흰 머리 염색이 일상이 된
50대를 넘어서 있었다

하루하루 군데군데
아픈 곳이 늘어나기 시작했고

어느 날이었던가
사람들이 유난히 날 많이 찾고 부르는 듯하다

메아리치는 울림에
네 하고 대답을 잘도 하던 나는
70대를 넘어 80대로 살아가고 있었고

가장 행복했던 기억 속에서 살고 있었다

꽃무늬 어여쁜 옷 곱게도 껴입고
나풀나풀 날아갈 듯 가벼운 소녀인 채로

장터에 가신 엄마 아빠를 하염없이 기다리는
아이가 되어 있었다

너를 울리는 이 순간에도

아무도 울리지 않는 평탄한 삶이란
그 어디에도 없더라
서럽고 억울한 그 분한 마음을
누가 알아채 주기를 바라는 마음도
살아보니 결국 내 욕심 같더라

그 안에 갇혀 세상을 원망하고 살아가기엔
남겨진 인생은 이미 쏜 화살 같아
아직 우리에겐 파릇파릇한 새싹이
돋아날 때를 기다리고 있어

힘들어도 좀 더 자신에게 제때 몰입하여
원하는 다른 곳으로
에너지를 쏟으며 살아가는 것이
결국 행복으로 이어지는 삶이 된다는 것을
알게 되는 날 또한 찾아오더라

분명 좋은 날은 기약 없이 언제이고
내 앞으로 찾아온다는 것을 기억하길 바라며

풍경

잊을 수 없는 풍경은 사람을 담고 있어
그게 너라고 말하지 않아도
나라고 끝내 대답하지 못해도

너는 언제나 곳곳에
나는 항상 이곳에 남아 있어

세월은 우리를 저만치 데려가질 못했어
사랑하던 마음이 한순간에 식지 않듯이
흐르지 못한 이별도
이곳에 남아 있어

사랑은 언제나 간직되는 거야
영원토록 버리지 못하는 소중한 선물처럼

사랑이라서 그게 다라서 좋았던
빛나던 보석 같은 그 시간 속에
보관되어 있음을 기억해야 해

짧은 사랑 긴 이별 그리고
영원한 추억 속에서 서로를 붙잡다

사랑을 말하던 순간들을 살아왔다
또렷이 네 두 눈에 담긴 날 바라보며
그런 날 애처롭게 바라보고 있는
너를 또 내 두 눈에 담으며
함께 애써온 시간들

우리는 사랑이라 불렀다

서로를 통해 안정감을 취하고
함께 호흡하며
지나쳐온 수많은 길목 길목의 배경들이
훗날 추억이 되고 잊을 수 없는
영원한 사랑의 흔적이 되어버리는 것을

네가 없는 세상 속에서 살아가며
알게 돼

그곳을 지나칠 때마다 느끼게 되던
아릿한 마음을 헤어지기 전엔 알 수 없었듯이

비가 오고 눈이 오던
또 금세 개어 버린 맑은 날씨까지도
곳곳에 뿌려져 있는
너라는 한 사람의 흔적임을

아무리 지치도록 세월이 흐른다 해도
우리는 짧은 사랑
긴 이별 그리고 영원한 추억 속에서
서로를 붙잡으며 살아가고 있다는 걸
알게 될 테니깐

너를 보내고

진심으로 사랑해도
온 마음으로 노력해도
모든 걸 다 주어도
이루어지지 않는 사랑이 있다는 걸
하필이면 너를 통해 알게 되었지

우리는 여리고 순수한
생물 본연의 모습이었어

그래서였겠지
쉬이 꺾인 꽃대처럼 늘어져
오래도록 앓아야 했고
긴 시간 바깥세상을 향해
고개조차 들지 못했어

늘 너와 한 몸처럼 걷던 나는
남은 한쪽 다리로
나아갈 수도 걸을 수조차 없었지

넌 나를 지탱하는 한쪽 다리였기에
떠나는 너를 잡을 수도
쫓을 수도 없게 되었어

너무나 사랑하면 보내줄 수밖에 없는

그 이유를 알게 된 거야

5월 장미의 계절을 만나다

집 앞 주변을 산책하다 보니
곳곳에 활짝 핀 장미가 눈길을 끈다

쉽게 이루지 못하던 불면의 밤은
새벽녘까지 이어졌지만
새소리에 아침이 밝아오자
올 것은 오고
지나갈 것은 그대로
또 지나가 버린다

그렇게 눈을 뜬 아침
장미의 계절이 찾아왔다

더 향기롭고 매혹적으로
날 바라보며 한아름 웃음을 지어 보인다

머릿속을 잠식하던
그 무엇은 사라져 가고
장미 향기에 매료된
나만 그 자리에 서 있다

누군가를 위로하며 위로받는다는 것

타인의 아픔에 가까워질수록
자신의 아픔 또한 객관적으로
바라볼 수 있는 시야가 트여진다

타인에 대한 공감과 위로가
몸에 익어갈수록
자신의 삶 또한 반추해 볼 기회를 갖게 된다

궁극적으로 타인을 위한
행위의 종착지는
언제나 나 자신을 향한다

강릉에서의 밤

기다랗게 맞닥뜨린 벽 사이로
별들이 반짝이고 있었다

밤하늘 별빛 참 오랜만에 마주하는 듯하다

도시에선 보고 싶어도 볼 수 없었던
가공되지도
포장되지도 않은
순수한 민낯 그대로의 영롱한 별빛을

자연을 간직한 강릉 밤하늘에서는
여전히 은은하게 빛나고 있었다

모든 것은 살아있다

그 시절 내 별도
그 별을 동경하던 나도

쉬어가기

아무것도 하지 말아야 할 때가 온다

노력하는 것마다

정성 쏟은 일마다

뭘 해도 되지 않을 때

속상해하지도

무너지지도 말고

아무것도 하지 말고

그냥 쉬어가기

빼도 박도 못할 땐 그냥 사는 거지

서러운 날 울고 싶은 날이 오거들랑
저 하늘을 봐

왜 우냐고 누가 물어오면
눈이 부셔서 우는 거라고
변명이라도 할 수 있게
오늘도 참 눈부신 하늘이었어

웃을 수도 울 수도 없을 때
좋지도 싫지도 않을 때
살 수도 죽을 수도 없을 때

그럴 때마다
돌아가신 할머니는 말씀하셨다
빼도 박도 못할 땐 그냥 사는 거지 뭐

할머니 말이 맞았다
살아갈수록 점점
빼도 박도 못할 일들 천지였고

그럴 때마다
할머니의 혜안에 무릎을 쳐대며
얄궂은 인생 맛을
톡톡히 봐야 했다

10초 뒤

나에게 왜 이런 일이 일어날까? 라는
고민과 번뇌의 시간이
지하 수십 층의 집을 짓게 하고
세상과의 단절을 초래하는 원인이 되기도 합니다

살다 보면 상상조차 하지 못했던 일들이
일어나곤 합니다

그럴 땐 당혹감은 잠시 그래 그럴 수 있어
살다 보면 별의별 일이 다 있는 거야 하며
받아들이는 연습
그리고 그 일로 인해서
일어날 부수적인 문제들부터 처리하며
차분히 일상 속 제자리로
다시 돌아올 준비를 해야 합니다

누구에게나 일어날 수 있는 삶 속 일들로
우리 너무 무너지지도
그곳에 머물러 있지도 말아요

내가 나빠서 재수가 없어서가 아니라
계속 좋지도 계속 나쁘지도 않은 게
우리네 인생이기 때문이에요

이번 일로
내 인생에 플러스로 작용할지
아니면 마이너스가 될지도
미리 판단하지 말아 주세요

우리는 주어진 상황 안에서
꿋꿋이 최선을 다해 살아가면 돼요

10초 뒤에 무슨 일이 일어날지
알 수 없는 게 우리네 삶
그 자체이니깐요

PART II

너와 내가 얼마나 사랑했는지

지금의 나는 또 얼마나
너로 인해 행복했는지

우린
곧
시간이 지나면 명료하게 알게 될 테지

네가 내 곁에 머무르고 있는 지금,
이 순간이
영원의 시작이었음을

문득 그는 날 사랑했다

처마 아래로 떨어지던 빗물은
나보다 한 뼘은 더 컸던
내 어깨를 감싼 너의 팔 위로 떨어져 내린다

비를 머금은 듯 촉촉한 눈빛으로
날 바라보며 미소 짓던 너

네 눈빛 속에 빠져들 것만 같아
숨죽이며 금세 얼음이 되어버리던 나

한참이나 내 어깨를 감싸고 있던
따스한 너의 온기

멈칫한 우리의 숨소리 뒤로
터질듯한 심장 소리는

들뜬 세상 속 함성 소리가 되어
아찔하게 울려 퍼진다

그날은
처음 어른이 된 20살
어느 봄날이었고

갓 어린 티를 벗어 던진
남자와 여자였어

우리가 서 있던 초록빛 대지 위로
시원하게 쏟아져 내리던
봄비는

주체할 수 없는 첫사랑의 지열을
가라앉히며 천천히 기다리는 법을
가르쳐 주는 선물 같은 봄비였지

교정에 푸르른 풀 내음은
우리를 감싸 안고도 남았어

넌 내게 속삭이며 로즈데이라고 했어
알고 있느냐고 되물으며

걱정된다며 작은 우산과 함께

내게 안겨준 너의 장미꽃 향기가
내 가슴 가득 배어들 때까지

너와 나는 오래도록 서서
눈빛으로
깊은 곳에 싹트는
채 여물지 않은 마음으로 교감하며

누가 알려주지 않아도
미세한 그 느낌 하나하나가
사랑일 거라고
둘이서 배워가던 날이었어

어미 닭이 알을 품듯
꼭 품어주던 넌
내게 과분할 만큼 좋은 사람이었지

날 향하던 너의 눈빛 속에서
온기가 가득했던 네 품속에서도

난 충분히 사랑을 배워갔지만

아이 옷을 때맞춰 갈아입지 못한
미숙한 스무 살 아이에 불과했던 난

이제서야 그 모든 것이
너만의 깊은 사랑 덕분이었단 걸
깨닫게 돼

인연은 스치고 지나간 후
문득 어느 날 다시 찾아와
늘 오랜 후회를 남겨

기억 속 조각난 파편처럼
심오한 우주 어딘가를 배회하며

뒤늦게
파편 난 조각들은
하나의 그림으로 완성되어
늘 다시 찾아와

그러면서 알게 돼
지난날 과오도
그날의 진실마저도 마주하게
된다는 사실 말이야

'오늘도 찾아든 너의 따뜻한 사랑처럼'
잔향 깊은 향기로 남아

내가 살아가는 내내
오래도록 스며들며

나의 스무 살 봄날은
너로 인해 영원히 따뜻할 거야

너로부터 시작된 나만의 이별 이야기
제대를 앞둔 첫사랑 너로부터

눈이 흩날려
밥 짓는 굴뚝 연기 마냥 모락모락 피어나던
눈안개로 여느 골목길은 이내 눈밭이 되고
시골길 정처 없이 떠돌던
내 발걸음 끝엔 이름 모를 서글픔만 차오른다
어둑어둑해져 돌아가는 길모퉁이에서
홀로 너의 면회 다녀오던 나는
간 만에 불어 닥친 혹한으로
꽁꽁 얼어붙은 손발에 입김을 불어대다
금세 오열하고 만다
스물두 살 나의 두 뺨은 핑크빛 추억을
쉴새 없이 머금은 채로
두 볼이 퉁퉁 부어오를 때까지
냉골 같은 슬픔 속에서 혼자 울고 있다

넌 아니?
거기에서
넌 보았니?

하늘에서 나의 온몸을 적시듯이
쏟아져 내리는 순백의 결정체를
여전히 널 향해 변함없는 36.5°
내 사랑의 온도를

그래서였겠지
내게 닿은 눈송이는 뒤돌아볼 새도 없이
슬픔을 머금은 눈꽃으로 흐드러지게
피어나기 시작한다
금세 백지장 같았던 내 두 볼에 묻혀있던
복숭앗빛 홍조는 설원 속에서
더 영롱한 빛을 띠고 있다
그러다 이내 눈을 뜰 수 없을 만큼
많은 눈이 퍼붓기 시작한다
난 눈을 감았고 입술을 맞추듯
내 두 뺨을 부드럽게 어루만져 주던
새하얀 손길은
첫사랑에 울부짖는 아이가 되어버린
나를 온 가슴으로 감싸 안으며
눈물이 되어 이내 두 뺨으로 쏟아져 내린다

너는 이별을 말하고
나는 영원한 사랑을 말하려 할 때
너는 헤어지고 끝내 돌아섰지만
나는 이별을 고하지 못했던
그날처럼

여전히 겨울이 오고 지금처럼 눈이 내리면
네 부대 앞 순백의 결정체는
하얀 손길로 나처럼 울고 있는
어느 이의 슬픔도 어루만져 주고 있겠지

Give & Take

받고 또 받고가 아닌

주고 또 주는 상처

어쩌면 우리는

상처를 받지 않기 위해서

상대에게

상처를 주고 있었던 건 아닐까요?

사랑 = 인내

사랑에 상처받지 않은 영혼이 있을까

나 자신보다 상대를

더 많이 사랑해본 이는 알고 있다

사랑은 하염없이 기다리고 또 기다리는

인내의 시험대였다는 걸

그 인고의 시간을 견뎌내야

이룰 수 있는 산물이었다는 걸 말이다

사랑은 인내하는 마음 안에서

쉬어갈 때

완전한 하나가 될 수 있었다

이별론

우리의 이별은 교통사고처럼 어느 날
갑작스레 찾아오기에
언제라도 불쑥 이별을 떠올리게 되면
비애감에 빠져들게 될지도 모른다

그럼에도 살아온 시간들과
살아갈 시간들을 위해 서로를 향해
원망보다는 인정과 감사함으로
사랑한 날들을 간직해야 한다

그 누구하고도 사랑하지 않았더라면
결코 알지 못했을

사랑이란 한쪽 가슴이 먹먹해져 오는
저릿한 감정과 황홀한 세상 속 그 느낌을 알게 해준
이를 인정하며 더욱더 잘 살아가야 한다

그게 사랑에 대한 예의이고
젊고 아름다웠던 소중한 그 시절을 향한
가장 적절한 보상이 되기도 하기 때문이다

너 때문이 아닌 네 덕분에 소중한 사랑이었음을
기억해야 한다

진심 없인 진실 없지

기억은 조작된다

내 입장에서도
상대 입장에서도

생존코자
각자 유리한 상황 전개로
관점화한다

인간의 생존 본능에 기인한
뇌 영역 내 자연스러운
현상처럼 말이다

우리는 그것을 진실이라고 말한다

마음이 아닌 머리가 말하는 진실
진심 없인 진실이 없다는 것을 알면서도 말이다

변덕스러운 날씨처럼 날마다 변하는 사랑의
정의

오늘은 용서했다
내일은 미워했다
끊임없이 나와 이어지며 함께하는 그 감정을
애써 감추지 않으려 한다

돌아보면 내게 좋은 사람과
좋은 사랑이 아니라고 해도
때론 상처와 희생이
더 요구되던 사랑이었다 해도

그 사랑에 잠시 뿌리를 내린 채
크든 작든 그 양분을 머금고 살아온 나는
그 사랑마저도
이젠 소중하고 값지다는 걸 안다

지난날 내 선택이 이끈 삶 마디마디 내 역사가
고스란히 응축된 사랑이기에
그곳에 내가 있음을 알고 있기 때문이다

명화 같은 사랑 = 마지막 사랑

나이 들어가는 사랑은 내 몸처럼 편안하다
템포가 느린 클래식 음악처럼 평온하다

쉼표와 마침표까지 동행한다
지나온 생애 속 밑그림을 완성 하느라
바쁘게 살아온 날들을 보상이라도 받듯
위로의 시간이기도 하다

이제 조금 숨 돌리며 여유지게
저녁노을을 바라볼 수도
작아진 어깨를
토닥여 줄 수도 있는 사랑

함께 해가 뜨고 저물듯
마지막까지 서로의 온기를 확인하며
안부를 전하는 사이

소란치 않아서
이들의 사랑을 눈치채지 못 할 수도 있다

혹자는 단지 정 때문에 살아가노라고
마지못해 사노라고 말하기도 한다

허나 그들은 분명
한 폭의 명화와도 같은
긴 세월이 깃들여져야
완성되는 대작의 사랑을
함께 그려 나가고 있다

공기 중 사랑 함유량 21%

녹아있다
지금 네가 들고 있는 커피잔에
하염없이 거닐고 있는 두 발걸음에

껐다 켰다 반복되는 TV와 라디오 소리에
까만 두 눈이 머무르다
물결치듯 옮겨 다니는 곳곳에 머물러 있지

어디서든 녹아있어
그래서 보이질 않아
숨결보다 가깝게

만져지지 않고 안을 수도 없기에
무어라 설명할 수 없는 그 느낌으로
곁을 맴돌고 있어

사랑은 그런 거야
태초부터 숨 쉴 수 있게
머무르고 있는 공기 중 산소의 비율처럼

무색무취의 자세로
우리가 살아가는 세계를 지배하고 있단 걸

나이가 들어가면 갈수록
새록새록 알게 될 테니깐

환절기에 감기약을 준비하듯
시월에는 좋았던 추억만을 떠올린다

가을밤 잠들지 못한 바람길은
녹록지 못한 지퍼 사이로
빽빽하게 날을 세우고 들어앉아

오가며 인사하던
다정한 옷깃과 손등에
씻을 수 없는 생채기를 남긴다

아린 살갗 아래로
꼭꼭 숨겨왔던 기억이 주마등처럼
헤집고 들어와 폭포수가 되어 쏟아져 내린다

시월 벌써 한기가 스며들어
바들바들 몸살을 앓게 하는 이유가 된다

그 끝엔 항상 네가 있어

문밖을 서성이던
긴 시린 외로움 그 끝엔
항상 네가 있어

사랑이었어
사랑했었어

지금은 더 이상
널 사랑하지 않아 하고
고백하던

너의 입술 속에서
쉴새 없이 새어 나오던
칼날 같은 모진 말들이
나를 선 분홍 핏빛으로 물들이고 있어

날 사랑하지 않는 너를 사랑하는
나의 계절은 이젠 그만
긴 겨울의 동면 속으로 접어든 거야

한 여름밤 꿈처럼

완벽하지 않은 세상 속에 살고 있는
설익은 너와 내가 만났지

어른이라 하기엔 엉성하고
애라고 하기엔 벅찬 날들을
스무 해부터 시작해서 여러 해
영원할 것만 같았던 올여름을 지나
다음번 여름이 올 때까지
태양을 삼켜버린 듯한 뜨거운 입김으로
만고불멸의 사랑을 했어

인생에서 더 중요한 게 무엇인지 몰라서
젊은 시절 아껴야 할 게 시간인지 잘 몰라서
긴 기다림 속에서 너를 사랑한 게 아냐

너는 부족한 나를
온전한 사람으로 보듬어준 포근함이었어
모난 나를 둥글게 안아주느라

베였을 네 상처가
남몰래 새어 나왔을 네 고통이
아직도 내 마음을 아프게 하는 건
그래 시간이 지나면

모든 건 내 잘못만 남더라

한 잔 술

밤이 되면 한잔 술에 애환이 담긴다
오늘은 한잔만 하고 잠드는 건 어때
좋아 건배

바람이 불면 불어오는 방향으로
바스락바스락
속이 타들어 가는 소리가 지축을 뒤흔들었다

그 덕에 어둑해질 무렵이면
아무것도 남지 않은 채로
평화를 마중한다

꼿꼿이 뿌리박혀 무언의 중력으로부터
버티지 않아도 될 가벼움이

앙상해진 채 휘청대는 갈대 마냥
한참을 드러누워
요지부동 휘어질 수 있는
밤의 자유가 한 잔 술과 나를 불렀다

나지막이 나는 너를 불렀지만
넌 언제나 대답이 없었지

인연이란 것

사람이 사람에게 뿌리를 내리며
인연이 된다는 게 어디 쉬운 일인가

긴 시간 희생하며 아무리 정성을 쏟아부어도
모두가 한결같이 인연이 되는 건 아니다

스쳐 지나가도 모를 찰나에도
불씨처럼 서로에게 남겨져
가슴안에 머무르게 되면
인연은 시작된 것이다

마치 지구 자기장의 강력한 이끌림처럼
자연스레 서로의 곁으로 향하게 되는 것

그게 바로 인연이다

우리는 원래 달랐다

양파처럼 까도 까도 모를 사람의 속내
다 안다고 믿었다가
정작 알고 있는 건 사소한 일부분에
지나지 않아서 실망해본 경험이
한두 번은 있을 거다

보여지지 않아서 도무지 가늠할 수 없는 게
사람이 지닌 내면의 세계이기 때문이다

각자 다른 크기의 풍선
그 안을 채우고 있는 서로 다른 공기의 질량처럼

사람 속을 메우고 있는 영혼의 결도
그 무게도 모두 다르다

그러니 서로 간에 속내를 잘 모르는 건
너무 당연한 일인 것이다

나는 나라는 상황과 환경에 길들어져
내게 적합하고 알맞은 존재로 살아왔듯이

썩 내 눈에 내키지 않는 상대라고 해도
그 자신이 살아가는 상황과 환경 속에선
누구보다도 최적화된 존재일 수밖에 없는 것이다

나는 나
너는 너

우리는 원래 달랐다

악연이었다

울창한 나무를 따라 거닐다 보니
자그마한 숲이 드러난다

녹음이 짙은 숲 사잇길로
기분 좋게 따라 걸으니

얼마 안 가

웅 소리를 내며
바람이 지나가는 길임을
바람과 점점 가까워지고 있음을
예감할 수 있었다

마음의 준비를 할 겨를도 없이
순식간에 날 향해 거침없이
불어대기 시작한다

살랑대는 가벼운 옷차림으로
강한 바람을 온몸으로 맞닥뜨려야 했다

삽시간에 바람은
내가 가진 모든 것을 샅샅이 헤집어 놓고

휘청대는 나를 내버려 두고선
아무렇지 않게 떠나가 버린다

악연이었다

봄날 달 밝은 밤 벚꽃잎이 흩날린다

얼마나 많은 아픔을 감내해야만
하나의 사랑이 완성되는지
그 누구도 내게 알려주지 않았다
짐작만 할 뿐이다

풍랑이 일어나는
거친 파도를 뚫으며
계속해서 헤쳐 나가야
겨우 도달할 수 있는
먼 여정의 길임을 예감할 수 있었다

한번 놓쳐 버린 사랑은 미련하게도
아주 먼 곳에 있었다
노력해도 손이 닿지 않는 공간 속에
누군가의 시선이 머물 수 없는 시간 위에
둥지를 틀어 살고 있었다

진정한 사랑이 무언인지를 사유하는 길 위에서
세상 속 모든 사랑이 쏟아져 나오는 봄날

유독 달 밝은 밤 수줍게 안부를 전하듯

흩날리며 인사를 전해온다

단 하나의 사랑을 갈구하기 위해 태어난 사람처럼
가질 수 없는 사랑을 위해 죽을 듯이 노력했던
그 뜨거웠던 젊은 날은
어느새 가슴 속에서 녹아내렸다

약지 못한 채 순수하게 타오르던 본연의 사랑은
불길 속에서 아무것도 남기질 못했다
작은 오해에도 쉽게 불거져
순식간에 꺼져버리면 그만이었다

긴 생애 속 놓을 수 없어
나와 함께 살아온 그 긴 날들이
고통을 움켜쥔 손가락 사이로
어렵사리 잡아 온 미련이었다

언젠가 한 줌의 모래알처럼 찾을 수 없는
낱알이 되어 결국 흩어져 버린대도
그건 또다시 약질 못해 놓아야 할
내 사랑의 임무가 될 거다

그가 온다

그가 왔다

그를 보았다

벗꽃잎이 흩날린다

미련

늘 시작되고 마무리되는
오늘이 지나서

내일이 찾아오면

서로를 기억할 수 있는 공간에 걸터앉아
잠시 쉬어갈 수 있다면

그건 이별하지 않은 것

서로를 붙잡으며
영영 놓아주지 못한 것

진정 나를 사랑한다는 것

때로는 벼랑 끝이라고 생각했던 최악의 순간에
최고의 선택을 하게 되는 경우가 있다

비록 지금 내가 처한 환경이 암담하고
좋지 못한 상황 속에서
현실과 타협하기 위해
가까스로 한 선택에 불과하다 하더라도

내가 한 선택이
훗날 최고의 선택이었다는 걸

시간이 흐른 후
결과로서 보여주기도 하기 때문이다

능히 이겨낼 수 있는 자에게 하늘이 준
시련을 가장한 선물이 될 수 있기에

결국 내가 나를 뛰어넘는 그 순간부터
하늘은 알아서 나를 키운다는 것을
기억해야 한다

잡초

어떤 험지에 있어도

꺾이는 법도
물러서는 법도

모르는

이름 모를 풀 한 포기

물 한 줌
빛 한 줄기 있으면

꾸역꾸역 돋아나
그 누구도 알아주지 않는

세상 속 푸르름이 된다

봄과 여름 사이에서

봄과 여름이 주는 느낌이

한데 어우러져 있는 풍경 속에서

나는 봄을 보았고

여름을 맞이한다

이별의 슬픔이 채 가시기도 전에

운명처럼 사랑을 맞이하고

지나간 사랑을 잊어가는 것처럼

어느새 여름은 성큼 내게로 와 있다

그때 그날

차가운 까만 밤
둘이 걷던 그때 그날

그 길을 떠올려

나는 그렇게 또
틈만 나면 너를 생각해

귓가에 울려 퍼지는
길보드 차트를 들으며

한 주머니에 두 손을 포개어 넣고는
그 온기를 사랑이라고 느끼던

그날이 떠올라

그때 그날이 이유 없이 차올라

사랑이 지나간 자리

태풍이 훑고 지나간 자리에는
처참한 흔적만이 남아 있다

상처가 훑고 지나간 자리에는
상처만 남듯이

절절했던 너와 나의 사랑이 지나간 자리에는
우리 사랑만이 남아 있다

사랑을 사랑으로 답하리라
상처 말고 아픔 말고

그가 우리 사랑을
그 느낌을 기억할 수 있게

어떤 역경이 와도 쓰러지지 않도록
지나간 그 자리가 그에게 쉬어갈
안식처가 될 수 있기를 기도하리라

나의 소행성

내가 아는 것이 전부일 거라는

내 느낌

내 생각이 모두 맞을 거란

편협된 착오 속에 빠진 착각

어쩜 우리는

각자가 마주한 우주 안에 머무르고 있고

그 광활한 우주를 헤매며

자신이 만든 세계 속에서

상상의 나래를 펼치며

살아가고 있는 건지도 모르겠다

괜찮다 괜찮다 하면 괜찮아질 줄 알았다

이미 지나쳐버린 사소한 일들에 대해
이러쿵저러쿵 들려 오는 경쟁하듯
가치를 폄하하고 훼손하는 이야기들

그렇다고 해서 무어라 콕 집어내 변명하듯
큰일처럼 수면 위로 끄집어내는 것도

제대로 일을 키워 누군가와 쩽쩽하게
비난하며 대립각을 세우는 것도
언제나 그렇듯 에너지가 필요한 일이다

실은 괜찮다 괜찮다 하며 괜찮은 척 살아가도
속은 썩을 대로 썩어있고
방전되기 직전처럼 깜박깜박
점멸등이 들어와 있다

스스로 불합리한 일에 맞서 싸울 힘과
변명할 여유가 없었을 뿐
괜찮아서 괜찮은 척했던 것은 아니다

어물쩍 적당히 넘어갈 일은 결국 세상엔 없다

시기적절하게 관계를 돌아보고
재정립할 줄 알아야 하고

누군가 날 향한 지나친 언행에
힘을 보태지 않으려면
괜찮은 척 이해하며
묵과해선 안 되는 일도 있었다

오해는 가만히 있으면 눈덩이처럼 불어나
더 큰 오해가 될 뿐

괜찮은 척 내 두 눈만 가린다고
저기 저 잿빛 하늘이 파란 하늘로
바뀔 리 없는 것처럼

혼신

혼신의 힘을 다해 살지 않아도 될
삶이 어디에 있던가

귀한 것과 천한 것은 또 어디에서 왔나
어떤 일이 되었던 맞닥뜨리는 자의
상황과 환경이 그 일의 중요도를 판가름할 뿐

이것은 좋고 저것은 나쁜 것은 어디에서 왔나
변화무쌍한 날씨처럼
시시때때로 변화하는 사람의 마음만 있을 뿐

좋았던 것도 싫어질 때가 오듯
나빴던 것도 필요해지면
다시 찾게 되는 게 사람의 마음인 것을

누가 옳고 그릇된 게 어디에서 왔나
분별하고자 하는 시기심이
경계를 긋고 성을 쌓아
외눈박이 눈으로 세상을 바라보게 할지 언대

빛이 나면 빛 속에서
어두워지면 어둠 속에서 머무르면 되는 것을

의미를 붙이지 않아도 의미 있는 게
우리네 삶인 것을

선명해지는 7월 어느 날

7월 장맛비가 닿는 곳곳은
유독 옅어지지 않고 선명해진다

비를 타고 내려오는 습한 기운이
묵혀있던 감성까지도
톡톡 건드려
본연의 자기 색깔을 입히려 들기 때문이다

잊혔던 과거의 일이 환히 되살아나
캄캄한 밤을 뜬눈으로 지새우기도 하고
애써 아무렇지 않은 체
밝은 척 지내왔던 마음이 병들어 가
순식간에 시퍼런 멍으로 뒤덮어지기도 한다

촉촉하게 적시며 스며드는 빗물이
말라 있던 건조한 생물체마저 깨우며
장마철 파죽지세로 자라나는
감정의 도화선이 되기 때문이다

어느 7월의 눅눅한 밤 왜? 라는 질문이
하나씩 늘 때마다
이유를 찾아 끊임없이 헤매다 보면
까닭 모를 미로 속에 갇혀버리는
경험을 하게 된다

이맘때가 되면 날씨가 주는 함정에
빠져버린 탓이다

무엇이든 무성하게 자라나는 여름

제때 생각의 가지치기를 잘해주어야 하는
7월
아프지 말고 외롭지 말자

사라졌다가 나타났다

머릿속을 가득 메우던 상념들이
먹구름처럼 몰려와 글자를 내린다

하늘에선 오랜만에 뜨거운 비가 내렸다

불덩이 같은 가슴이 장작으로 태워져
펄펄 끓어오르는 용광로를 만들어낸다

글자들이 사정없이 팝콘처럼 튀겨진다
글밥이다

비장한 각오 따윈 물어볼 겨를도 없이
곧장 전투 속으로 달려간다

총성 소리 한 번에 신음하고
두 번에 낮은 포복 자세로 임하다가
땅 가까이 흩뿌려진 쉿소리를
죽기 살기로 긁어모은다

쨍그랑 탁탁 쿵쿵

울려 퍼지는 인생 고락의 소리

사선을 넘지 못한

부들대는 두 다리를 대신해서

양팔로 엉금엉금 기어 다니며

글밥을 튀긴다

절로 혼백이 깃들여져 간다

고백 같지 않은 고백을 좋아합니다

사실 저는 잘하는 것보다 못하는 게 많습니다
하고 싶은 일보다 하기 싫은 일이 더 많고요

무언가를 한다는 건 늘 엄두가 나질 않았죠
어떤 시점에서부터
응원보단 저항이 따른다는 걸
익히 알고 있으니깐요

좋아하는 사람들 속에서 인정받고
사랑받는 법을 배우기 이전에
싫어하는 사람들 사이에서
살아남는 법을 먼저 배워야 했지요

은근히 감정을 드러내지 않은 채
나는 한참 너의 적수가 되지 못하는
부족한 사람이야 하고
먼저 인정해 버려야
상대도 더 이상 나를 견주질 않았죠

순리대로 살고자 했지만
그러기 위해선
남들보다 훨씬 더 많은 에너지를
소모하며 그마저도
스스로 감내해내야 했었죠

1에서 100까지
가까운 길도 멀리 돌아가는 법부터
배운 이유라면 이유가 되겠지만요

그 덕에 알게 된 한 가지가 있어요

어디서든 을이 된다면
물질적 자유는 담보할 수 없을지라도
정신적 자유만큼은 풍족하게
누리며 살 수 있다는 것 말이에요

은혜받은 악필쟁이 이야기

뼈가 시릴 때마다
뼈마디가 녹아들 때마다
글을 쓰지

그건 바로 낱자로 된 자음과 모음이
삐뚤빼뚤한 모습으로
여기저기 우르르 쏟아지지 않아도 되는 탓

저물어버린 아날로그 세계를
동경하지 않는 결정적 배경이 되어버렸지

종이 위의 무법자 선을 넘나드는 악필쟁이를
아무 조건 없이 갱생하여 포용하는
혁신적인 기술의 발자취인
수만 가지 글씨체가 명필 인양
주눅 들지 않게 작문할 수 있는 기회를 줬지

목마른 자를 푸른 초장으로 인도하시어
쓰임 받도록 하시는 그분의 은혜가 있으셨을 터

만성 소화불량으로 꽉 막힌 체증마저
손끝으로 시작되는 감성 자극 휴먼 터치로
톡톡톡 건드려주기만 하면
오장육부를 관통한 낱자가
순식간에 자판을 뚫고
별처럼 쏟아져 시가 되어 우주에 박히는
혁명을 경험할 수 있는 탓

일하랴 글 쓰랴 일꾼으로 이리저리
신실하게 불러 다니랴
평생을 달고 산 소화불량의 단짝
소화제와는 이제 뒤도 돌아보지 않고
결별하게 된

어느 은혜받은 악필쟁이 이야기

갈등 = 복수형

갈등이란 매번 하나가 아닌
둘 셋 복수형이 될 때 일어난다

단출하지 않은 것
많아진 것에서부터
갈등은 출발 신호를 받고 움직이기 시작한다

때때로 많은 친구 많은 목소리가 원인이 되어
이쪽저쪽 양 사방으로 갈라 세우고
처지에 맞지 않은 많은 욕심이
발단이 되어 수습조차 어렵게 일을 키운다

의욕에 찬 무모하게 많은 계획이
무엇하나 제대로 실천할 수 없는
덫으로 옭아맨다

결국 감당할 수 없는 유무형의 많아진 것들이
사사건건 문제가 되어 갈등을 일으키는 것이다
그럴 땐 내려놔도 좋다

분명 아무것도 안 해도 그 시간 동안에

다시 자생할 힘을 얻을 것이고
살기 위한 꽤 괜찮은 비밀 병기
전략 하나는 저절로 배울 것이기 때문이다

미안하다 바다야

산산이 부서지는 파도가
간 만에 들린 날 마중하러 나옵니다

집어삼킬 듯 집채만 한 성난 파도 속에
그간에 쌓인
묵혀있던 회한들까지도
모두 풀어 놓고 옵니다

미안하다 바다야
늘 넌 그렇게 모든 걸 받아 주는데

나는 늘 줄 게 없네

하지만 많이 많이
고마워하면서 살아갈게

동네 언니가 동네 동생에게

언제 보아도
같은 날 지나치며 여러 번 보아도
어색하지 않은 너

아주 반갑게도 말고
살짝 목인사 정도 건네며
느슨하게 인사하여도
마음 편히 지나갈 수 있을
그런 부담 없는 사이

이런 모습으로 유유히 가버린대도
이미 서로 알고 있잖아

서로를 생각하는 본심마저
차가워졌다거나 변심한 건 아니란
사실 말이야

그런데 가끔은 기억해 줄래
사람은 누구나 내가 의식하지 못하는
수면 아래에 또 다른 내가 존재하고 있어

때론 애써 누르며
꾹꾹 참아왔던 일이 불거져
방어조차 안 될 감정의 쓰나미가 되어

맹렬히 모든 걸 덮칠 듯한 기세로
그간에 이루어 놓은 삶 위로
아무렇지 않게 밀치고 들어올 때가 있어

더는 지나치는
누군가의 시선조차 의식되지 않을 만큼
아랑곳하지 않는 낯빛으로 말이야

어떤 낱알만큼의 감정도 남김없이
모든 힘마저 모조리 빼고 살아가야만
겨우 살아낼 수 있을 것 같은 때가 있더라고

살다 보니 생각보다 더 자주 생기기도 하고
그럴 때마다 우리가 체감하는 세계는
일시 정지가 돼

게다가 바깥세상 속 관계에서의 미묘한 긴장감은
더욱 나를 주눅 들게 만들어

한숨 돌려 고개를 쳐들고 바라본 하늘은
왜 그리 또 아찔하게 느껴지던지

지킬 것이 많은 양 뱉어내지 못한 채
굳게 다문 입술
초점을 잃은 채 위아래로 흔들리며
울음을 삼키는 눈빛

잠겨지지 않아 꽤 오랜 시간 열려있는
수도꼭지 탓에 울다 지쳐
퉁퉁 부어버린 얼굴로
허공을 응시하던 날들을

우린 수년간 같은 동네를 오가며
그런 서로를 쉴새 없이 바라만 보다
지나칠 수밖에 없었을 거야

말로 다 형언할 수 없는 그 세세한 날들을
너와 나 우린 모두 기억할 거야

어느 날 지나치던 너의 일렁이던 슬픔을
맞닥뜨려야 했을 때도

시치미 뚝 떼가며
그저 지나칠 수밖에 없었던 때도

의식하듯 여닫을 수 없는 속내마저
이따금씩 평소와 다른 분위기 속에서 감지되어
훤히 들켜 버렸다 해도

같은 동네 같은 동선으로 하염없이 오가며
함께 살아가는 한 오래도록 보게 될
너와 나 우리의 자화상일지도 모를 테지

그때마다 지켜보는 마음이
저미고 아프다고 해서
아무렇지 않게
지나칠 수밖에 없는 모습이

안타깝다고 해서
위로의 말 한마디라도
불쑥 전하고픈 용기가 생겨난대도

그렇대도 우리
못 본 척 지금처럼 지나쳐 가자

때론 지나쳐야 다시 맘 편히 재회할 수 있는
사이도 있더라고

알아도 모른 체
몰라도 모른 체

하지만 언젠가 털어놓고 싶을 때가 오면
날씨 좋은 날 늘 인사하던 자리에서
또 아무렇지 않게 만나

진한 에스프레소 한 잔 나누며
농축된 소량의 진심이라도 나눌 수 있는
마음 편한 동네 언니가 되어줄게

내가 먼저 네게 이런 말 한다고 해서
내 삶이 어떤 기준에서
평온하다거나 평탄한 건 아니야

어차피 인생이란
각자의 몫만큼 견디며 살아가면 되는 거니깐

그러니 서로 견딜 수 있는
무심함 속에서 그간에 신뢰 된 단단함으로
마주하며 살아가자

난로처럼
적당히 높은 담장을 지닌 이웃처럼
멀지도 가깝지도 않은 자리에 앉아 있는

고요한 언니가 되어줄게

늘 너

늘 너
첫눈이 올 때면
핑크빛 세상 벚꽃길을 걸을 때도

느닷없이 찾아와
흔들고 간다

그 느낌 그 마음 그대로

세월이 지나도
곁을 비우지 않는 환영 같아

오래전 보낼 수 없었던 이유도

숨조차 쉬지 못한 채
이별의 긴 터널 속에 갇혀
방황했던 시간도

오롯이 젊음의 호사인 줄 알고
마음껏 소리 내 아파할 수 없었던

스무 살 풋사랑의 아픔은
젊은 날 상흔으로 남아

때가 되면 찾아와 고개를 쳐든다

내가 너를 느낄 때 나는 외롭지 않다

초판 1쇄 인쇄	2023년 3월 6일
초판 1쇄 발행	2023년 3월 14일

지은이	정소영

펴낸이	이장우
편집	송세아 안소라
디자인	theambitious factory
마케팅	시절인연
제작	김소은
관리	김한다 한주연
인쇄	금비PNP

펴낸곳	도서출판 꿈공장플러스
출판등록	제 406-2017-000160호
주소	서울시 성북구 보국문로 16가길 43-20 꿈공장 1층

이메일	ceo@dreambooks.kr
홈페이지	www.dreambooks.kr
인스타그램	@dreambooks.ceo

전화번호	02-6012-2734
팩스	031-624-4527

ISBN	979-11-92134-39-0
정가	13,000원